AF357115

PRIX DES LIVRES

DE LA BIBLIOTHÈQUE
DE FEU M. LANGLÈS.

Numéros.	fr.	c.	Numéros.	fr.	c.	Numéros.	fr.	c.
1	38		37	4		73	40	05
2	7		8	25	50	4	33	05
3	22		9	18	50	5	40	05
4	36		40	49	05	6	50	
5, 6	26		1	24		7	16	
6 bis, 7	3		2	21		8	11	55
8	12		3	11	50	9	34	05
9	12		4	4	55	80	15	
10	15	50	5	4	95	1	10	
1	100		6	60		2	59	95
2	481		7	8	85	3	11	95
3	12	60	8	5	05	4	14	05
4	19	50	9	10	95	5	20	
5	5	05	50	21		6	10	
6	1	50	1	12	05	7	5	
7	16	95	2	4		8	10	
8	53		3	9		9	30	
9	131		4	6		90	36	05
20	8		5	3		1	21	05
1	6	60	6	5		2	22	
2	6		7	12	05	3	50	
3	19		8	11	50	4	30	
4	30		9	36		5	21	
5	29		60	15		6	12	
6	12		1	18		7	10	
7	11	50	2	31		8	10	
8	10		3	32		9	10	
9	15		4	38		100	30	50
30	12		5	25		1	32	
1	6		6	36		2	61	95
2	3	05	7	38		3	15	05
3, 4	2	10	8	41		4	10	
5	10		8 bis	59		5	20	05
6	4		9	27	05	6	10	
			70	47	05	7	13	
			1	61		8	3	95
			2	55	05	9	6	

Numéros.	fr.	c.	Numéros.	fr.	c.	Numéros.	fr.	c.
110 }	5		157.........	15	50	205.........	43	
1 }			8	52		6	25	50
2	10	50	9	5	45	7	5	
3	12	05	160.........	3	05	8	2	95
4	15		1	7	60	9	2	80
5	11	05	2	4	15	210.........	56	
6	3		3	15	50	1	4	10
7	4	05	4	4		2 *avec* 199	2	45
8	4	05	5	4		3	1	50
9	31		6	2	05	4	6	
120.........	4	05	7	6		5	6	
1	3	50	8	4	05	6	4	05
2	4		9	1	50	7	6	
3	1	50	170.........	10	05	8	6	
4 }	8	05	1	3		9	2	95
5 }			2	8	05	220.........	11	
6	2	60	3	5		1	7	
6 *bis*	6		4	3	50	2	2	05
7	9	95	5	8	50	3	6	05
8	2	05	6	12		4	7	
8 *bis*	2	05	7	13	05	5	7	
9	31	95	8	15	50	6	4	
130.........	8		8 *bis*	25		7	30	
o *bis*	13		9	20		8	40	10
1	20	50	180.........	20		9	31	05
2	3		1	4	15	230.........	14	10
3	2		2	9		1	1	50
4	9		3	10		2	3	
5	6		4	10		3	5	
6	3		5	38		4	6	05
7 }	2		6	2		5	5	50
8 }			7	90		6	6	
9	7		8	10	50	7	32	55
140.........	5	10	8 *bis*	2	05	8	3	10
1	11		9	45		9	4	
2	6		190 }	12	50	240.........	2	
3	5		1 }			1	17	95
4	15		2	3	05	2	2	
5	6		3	2	50	3	5	
6	3	10	4	8		4	10	
7	4		5	13	50	5	12	
8	2		6	4		6	9	
9	25		7	6		7	3	80
150.........	25		8	7	95	8	20	50
1	40		9 *avec* 212			9 }	7	
2	39		200.........	18	05	250 }		
3	9	95	1	1	50	1	3	
4	38		2	5		2	3	
5	2		3	4		3	2	95
6	5		4	8		4	19	

Numéros.	fr.	c.	Numéros.	fr.	c.	Numéros.	fr.	c.
255........	3	80	305........	20		355........	2	50
6	34	50	6	15		6	2	05
7	88	05	7	6		7	2	
8	45	95	8	26		8	2	95
9	55		9	140		9	5	75
260........	3		310........	30		360........	2	40
1	4		1	4	05	1	7	05
2	10		2	3	05	2	10	05
3	3	10	3	18		3	15	95
4	24		4	6		4	7	40
5	5	05	5	5	50	5	4	50
6	3		6	7		6	2	65
7	5		7	16		7	2	20
8	6	95	8	13		8	1	60
9	60		9	20		9	2	10
270........	6		320........	25	95	370........	3	55
1	1	50	1	31		1	3	30
2	6	05	2	3		2	3	
3	4	80	3	6	50	3	4	
4	15	50	4	3		4	6	85
5	12	05	5	12		5	4	95
6 } 7 }	5	95	6	2		6	2	50
			7 avec 4341			7	2	95
8	5	50	8	3		8	8	
9	13		9	5		9	1	95
280........	3	95	330........	2	50	380........	10	80
1	5	50	1	8	05	1	6	05
2	1	50	2	40		2	1	60
3	3	95	3	18		3	8	80
4	5	10	4	20		4	10	95
5	4	95	5	60		5	4	40
6	13	05	6	20		6	3	90
7	66		7	20		7	26	
8	30		8	7	50	8	16	95
9	136		9	12		9	2	55
290........	13		340........	29	50	390........	2	30
1	16	95	1	6		1	2	70
2	5	50	2	15	50	2 avec 443		
3	57		3	180		3	4	05
4	32	05	4	20	50	4	10	
5	21	05	5	40		5	6	
6	3	75	6	12		6	11	
7	5		7	250		7	24	05
8	12		8	6	05	8	7	10
9	6		9	7	60	9	7	
300........	3		350........	7		400........	3	65
1	12		1	5	95	1	7	95
2	43		2	4		2	16	95
3	6	05	3	22		3	6	
4	9	55	4	111		4	2	

Numéros.	fr.	c.	Numéros.	fr.	c.	Numéros.	fr.	c.
405........	99		455 }			505........	6	95
6	200		6 } av. 453.	3		6	6	
7 incomplet	7	o5	7	2		7	2	
8	131		8	3	15	8	4	
9	35		9	3	75	9	23	95
410........	120		460........	2		510........	5	
1	22		1	7	o5	1	3	55
2	40		2	15	95	2	5	55
3	3	5o	3	2		3	2	
4	5	60	4 avec 527			4	24	o5
5	100		5	7		5	8	10
6	24		6	1	5o	6	3	o5
7	15		7	15		7	7	20
8	8		8	5		8	16	5o
9	18	o5	9	8		9	15	
420........	6	o5	470........	73		520........	9	55
1	10		1	3		1	72	
2	10		2	3		2	21	
3	99	95	3	10		3	7	95
4	45		4	54		4	7	o5
5	15	95	5	46		5	45	
6	12		6	37		6	6	
7	5		7	1	60	7 avec 464	2	
8	115		8	3o		8	8	
9	20		9	40		9	24	o5
430........	9		480........	28	95	530........	3	
1	59		1	41		1	8	
2	29		2	3	65	2	5	
3	29		3	3		3	5	8o
4	2	60	4	11		4	6	5o
5	6	95	5	6		5	1	5o
6	3		6	36	5o	6	8	o5
7	3		7	3		7	9	
8	7		8	3o		8	6	
9	7		9	10	95	9	5	95
440........	2		490........	5	5o	540........	9	
1	4	o5	1	15		1	10	
2	2	5o	2	7		2	21	
3 avec 392	2	20	3	1	5o	3	11	
4	3	5o	4	3	o5	4	7	
5	4	5o	5	10	5o	5	1	5o
6	3		6	8		6	5	
7	14	95	7	60		7	2	55
8	9	95	8	12		8	15	
9	1	65	9	3		9	18	5o
450........	2		500........	12		550........	1	5o
1	191		1	7		1	10	
2	4	10	2	15	55	2	3o	5o
3 av. 455 et 456			3	8		3	26	
4	6		4	14		4	40	

Numéros.	fr.	c.	Numéros.	fr.	c.	Numéros.	fr.	c.
555	5		605	102		655	4	60
6	8	50	6	27		6	72	
7	11		7	50	05	7 *incomplet.*	2	50
8	50		8	8	95	8	5	
9	2	80	9	4	70	9	2	05
560	7	50	610	4	95	660	12	05
1 }	10		1	24		1 }	129	50
2	5		2	10		2 }		
3	3	05	3	9	05	3	3	
4	1	50	4	5		4	2	30
5	10		5	105	05	5	4	
6	8	05	6	18		6	6	05
7	5		7	120	05	7	3	95
8	3		8	51		8	24	
9	6	05	9	3	50	9	10	
570	8		620	4	50	670	7	95
1	3		1	5		1	3	
2	3		2	10		2	11	10
3	12	95	3	151		3	9	
4	27		4	1	50	4	9	05
5	19	95	5	26	50	5	2	
6	12		6	2	05	6	4	95
7	2		7	9	05	7	3	15
8	1	55	8	1	50	8	18	05
9	15		9	11	95	9	32	
580	3		630	8	55	680	50	
1 }	3	15	1	9		1	6	
2 }			2	3		2	15	95
3	12	80	3	12		3	1	50
4	6		4	12		4	15	
5	3		5	3		5	6	05
6	17		6	3	15	6	1	50
7	3		7	9	55	7	15	
8	3		8	6	05	8	4	
9	1	50	9	6		9	1	50
590	3		640	45		690	6	95
1	13	95	1	45		1	3	
2	1	50	2	5	80	2	2	15
3	11	10	3	2	60	3	5	
4	8	20	4 }	3	50	4	5	50
5	4		5 }			5	14	95
6	5	80	6	10	50	6	3	
7	5	05	7	3		7	1	50
8	13		8	1	50	8	1	75
9 *avec les pl.*	6		9	6	05	9	48	95
600	29	95	650	6	60	700	8	
1	3		1	7		1	6	80
2	2		2	3		2	5	05
3	31		3	11		3	73	50
4	12		4	16	05	4	50	

Numéros.	fr.	c.
705........	31	
6	11	04
7	8	95
8	29	
9	18	95
710........	19	95
1	4	40
2	22	95
3) 4)	19	
5	17	50
6 taché	100	
7	9	05
8 avec 720		
9	13	05
720 avec 718..	3	60
1	6	15
2 piqué	60	
3	3	05
4	3	25
5	6	05
6	1	50
7	7	
8	6	
9	3	
730........	2	
1	18	05
2	135	
3	10	95
4	12	
5	4	50
6	3	05
7	23	
8	159	
9	11	05
740........	8	05
1	34	05
2	18	05
3	15	
4	25	
5	48	
6	8	
7	82	05
8	4	05
9	4	95
750........	11	
1	13	
2	2	50
3	10	
4	13	95

Numéros.	fr.	c.
755........	13	
6	30	05
7	103	
8	8	
9	1	50
760........	1	50
1	3	95
1 bis	17	
2	26	05
3	6	
4	13	55
5	4	05
6	19	95
7	16	55
8	29	80
9	13	
770........	4	
1	5	20
2	12	55
3	3	50
4	2	05
5	4	
6	3	
7	36	
8	14	95
9	40	
780........	24	
1	7	
2	10	
3	2	
4	12	
5	5	10
6	2	
7	24	05
8	6	05
9	7	10
790........	12	50
1	7	05
2	214	
3	20	
4	4	20
8	250	
6	24	
7	2	
8	12	
9	20	
800........	62	
1	36	
2	12	50
3	8	

Numéros.	fr.	c.
804........	4	95
5	12	
6	31	95
7	2	95
8	2	
9	27	95
810........	6	
1	4	
2	24	
3	43	
4	17	
5	21	
6	13	
7	13	95
8	10	50
9	10	50
820........	25	50
1	30	
2	9	60
3	15	
4	21	50
5	36	10
6	5	
7	1	50
8	3	
9	10	
830........	25	
1	2	
2	4	
3	4	50
4	5	
5	6	05
6	25	
7	3	
8	1	50
9	8	
840........	4	
1	36	
2	9	
3	17	
4	15	
5	3	05
6	4	60
7	10	95
8	2	50
9	8	50
850........	16	05
1	8	
2	3	45
3	5	60

Numéros.	fr.	c.
4	5	60
5	1	50
6	8	95
7	3	
8	3	
9	9	80
860	5	
1	10	
2	8	
3	70	
4	31	05
5	5	
6	9	10
7	9	
8	21	05
9 } 870	575	
1	244	
2	12	
3	6	95
4	38	
5	6	60
6	18	50
7	14	
8	50	
9	4	60
880	6	
1	7	
2	1	50
3	5	
4	4	50
5	5	
6	2	50
7	4	95
8	3	
9	2	
890	3	
1	1	50
2	7	
4	5	
4 bis	4	50
5	2	
6	10	50
7	4	
8	9	95
9	2	
900	10	05
1	7	
2	4	
3	4	

Numéros.	fr.	c.
904	6	
5	4	
6	4	10
7	6	
8	3	95
9	11	
910	9	50
1	7	95
2	3	
3	6	50
4	29	
4 bis	14	95
5	26	
6	20	
7	50	
8	40	50
9	90	
920	61	05
1	5	10
2	24	
3	8	
4	6	
5	4	
6	5	95
7	17	95
8	3	50
9	9	95
930	4	
1	130	
2	250	05
3	30	50
4	1	50
5	15	50
6	10	
7	300	
8	180	
9	10	
940	12	
1	9	
2	8	
3	14	10
4	18	95
5	10	
6	40	60
7	16	60
8	110	
9	4	05
950	4	
1	8	95
2	15	

Numéros.	fr.	c.
953	24	05
4	10	
5	9	85
6	12	
7	16	50
8	102	
9 } 960	4	
1	10	
2	2	
3	13	50
4	6	
5	4	95
6	5	95
7	10	
8	12	
9	27	
970	10	
1	6	
2 avec 4270		
3	125	
4	10	
5	11	50
6	65	
7	40	
8	45	05
9	90	
980	19	05
1	200	
2	60	
3	182	
4	68	
5	162	
6	40	
7	37	
8	61	05
9	276	
990	4	
1	6	50
2	45	50
3	154	
4	107	
5	71	
6	50	
7	60	
8	50	
9	10	
1000	55	
1	17	
2	39	50

Numéros.	fr.	c.	Numéros.	fr.	c.	Numéros.	fr.	c.
1003	78		1051	12		1099	3	
4	20		1 bis	14	10	1100	6	
5	60		2	45		0 bis	18	50
6	50		3	3		1	5	05
7	300		4	36		2	160	
8	23	05	5	15		2 bis	110	
9	15		6	95		3	9	50
1010	40		7	26		4	180	
1	14	05	8	47		5	15	
2	10		9	27		5 bis	59	
3	15		1060	10		1106	32	
4	10		1	36		7	40	
5	46		2	12		8	9	05
6	11		3	15		9	8	05
7	33		4	30		1110	4	45
8	5	05	5	179		0 bis	5	
9	199		6	20		1	6	80
1020	125		7	12		2	4	95
1	120		8	16		3	12	95
2	5	50	9	17	95	4	95	05
3	71		1070	321		5	4	95
4	25		1	201		6	20	
5	40		2	640		7	3	
6	25		2 bis	45		8	10	50
7	40		3	639		9	14	50
8	24		4	599		1120	10	05
8 bis	18	05	5	650		1	40	
9	20		6	5		2	1	50
1030	30		7	10		3	21	50
1	32		8	10		4	2	
2	28		9	19	05	5	1	80
3	100		1080	20		6	2	25
4	130		1	7	05	7	4	
5	24		2	40		8	40	
6	41		3	22		9	13	
7	47	05	4	30		1130	9	
8	7		5	17		1	6	
9	19	05	6	21		2	4	40
1040	29	50	7 avec 1089			3	3	
1	39	05	8	12		4	15	
2	24		9 avec 1087	2		5	3	80
3	40	05	1090	32	50	6	4	
4	44	50	1	17	95	7	8	60
5	15	05	2	18	95	8	4	
6	49		3	16	95	9	4	10
7	74		4	4	05	1140	5	
8	10		5	40		1	2	95
9	8	50	6	7		2	7	50
9 bis	30		7	2	05	3	11	50
1050	6		8	5		4	79	05

Numéros.	fr.	c.	Numéros.	fr.	c.	Numéros.	fr.	c.
2314	151		2358	10		2403	18	50
5	15		9	10	05	4	40	
6	9		2360	89	95	5	10	
7	6		1	9		6	21	05
8	3	60	2	300		7	12	
9	12		3	7		8	139	
2320	12	95	4	7		9	17	
1	5	60	5	18	55	2410	6	05
2	4		5 bis	2	05	1	6	
3	11		6	20		2	16	
4	21		7	60		3	66	
5	60		8	3		4	5	
6	2		8 bis	1	50	5	30	
7	6	05	9	75		6	30	
8	9	50	9 bis	33	05	7	12	
9	10		2370	3		8	2	
2330	19		1	50		9	85	
0 bis	9		2	6	15	2420	17	05
1	6		2 bis	19	05	1	7	05
2	14		3	4		2	3	20
3	80		4	11		3	8	
4	13	95	5	40		4	9	
4 bis	7	05	6	20		5	10	95
5	7		7	62		6	7	
6	36	05	8	100		7	25	
7	5		9	5		8	18	55
7 bis	4	70	2380	75		9	40	
8	20		1	20		2430	4	50
9	12		2	75		1	50	
2340	5	15	3	40		2	3	
1	9	55	4	16	50	3	5	05
2	4	05	5	5	60	4	10	50
3	6	95	6	20		5	3	85
4	24	05	7	17		6	6	10
5	3	95	7 bis	16		7	19	05
6	14		8	11		8	4	05
7	65	05	9	26		9	1	50
8	14		2390	16	95	2440	3	
9	14		1	10		1	19	50
2350	20		2	15	05	2	8	05
0 bis	6		3	20		3	20	
1	5	50	4	11	95	4	50	05
2	7	10	5	3	25	5	4	
3	10		6	96		6	4	
4	30		7	90		7	16	
4 bis	21		8	3		8	9	
5	37	05	9	3	05	9	17	10
5 bis	29	95	2400	18	50	2450	8	
6	21		1	16		1	2	50
7	8	05	2	341		2	20	

***

     PRIX DES LIVRES DE LA BIBLIOTHÈQUE

Numéros.	fr.	c.	Numéros.	fr.	c.	Numéros.	fr.	c.
2453	15	55	2503	8	50	2554	4	
4	6		4	4	95	5	35	
5	23		5	5		6	9	
6	5		6	12		7	5	
7	43		7	12	50	8	21	
8	16	95	8	16		9	14	
9	12	55	9	300		2560	36	
2460	8	10	2510	6	95	1	30	
1	10		1	8	60	2	12	55
2	30		2	4	10	3	30	
3	10	95	3	2		4 ⎫	2	50
4	30		4	17		5 ⎭		
5	13	50	5	3	60	6	1	55
6	7	50	6	6	35	7	5	05
7	18		7	5	60	8	1	55
8	5	55	8	8	05	9	6	50
9	11	60	9	8	50	2570	50	
2470	9	95	2520	5	05	1	1	50
1	5	55	1	19		2	8	05
2	3		2	2		3	6	
3 sans l'atlas	3	15	3	12	45	4	3	55
4	8	60	4	3	05	5	3	
5	5		5	4	55	6	8	
6	6		6	3	05	7	6	
7	12	95	8	13		8	6	
8	3	15	9	36	05	9	8	
9	6	15	2530	4		2580	7	
2480	10	50	1	24		1	3	
1	3		2	5		2	40	
2	9	50	3	77		3	36	95
3	38	05	4	6	05	4	20	
4	10		5	6	10	5	81	
5	15	50	6	14		6	10	
6	50		7	13		7	5	
7	6		8	20		8	18	95
8	12	05	9	13		9	13	05
9	115		2540	3		2590	13	10
2490	15		1	59	05	1	20	
1	25		2	60		2	20	05
2	50		3	3		2 bis	9	
3	40		4	3		3	12	
4	5		5	11		4	8	95
5	1	50	6	1	50	5	11	50
6	4		7	5	55	6	7	10
7	8	10	8	4		7	10	05
8	10	20	9	8		8	75	
9	8		2550	5	50	9	20	
2500	4		1	5		2600	7	50
1	24	05	2	5		1	70	
2	3		3	4	20	2	6	15

Numéros.	fr.	c.
2603	20	
4	10	10
5	1	50
6	20	95
7	7	15
8	15	
9	3	60
2610	19	95
1	60	
2	20	95
3	90	
4	39	
5	3	60
6	8	
7	7	85
8	6	
9	6	
2620	6	55
1	13	85
2	10	
3	5	50
4	16	95
5	5	95
6	1	75
7	3	
8	6	60
9	8	
2630	21	
1	8	
2	13	
3	20	
4	34	
5	13	
6	19	50
7	12	05
8	8	
9	3	
2640	7	95
1	45	05
2	2	05
3	24	
4	2	
5	4	15
6	17	
7	13	
8	16	
9	4	95
2650	3	50
1	16	
2 *avec 3 vol.*	2	

Numéros.	fr.	c.
2653	7	
4	2	
5	9	
6	4	70
7	3	
8	8	
9	6	
2660	3	
1	24	
2	3	50
3	2	
4	18	90
5	8	
6	42	95
7	16	95
8	3	60
9	2	
2670	1	50
1	7	05
2	18	
3	1	50
4	8	10
5	4	
6	24	
7	15	
7 *bis*	7	95
8	6	65
9	3	
2680	3	
1	3	
2	4	
3	6	30
4	9	50
5	5	
6	15	
7	11	05
8	1	50
9	3	15
2690	17	05
1	1	50
2	1	95
3	40	
4	3	05
5	3	
6	11	
7	16	95
8	14	
9	16	55
2700	4	
1	5	20

Numéros.	fr.	c.
2702	3	95
3	3	
4	5	
5	10	
6	6	
7	10	25
8	4	05
9	14	
2710	4	50
1	9	
2	10	
3	3	
4	24	05
5	17	95
6	26	50
7	3	
8	4	15
8 *bis*	3	
9	99	95
2720	40	
1	101	
2	11	
3	14	50
4	7	15
5	11	05
6	11	05
7	6	95
8	8	05
9 } 2730 }	3	
1	3	
2	5	
3	3	
4	2	
5	12	10
6	8	95
7	3	15
8	6	95
9	3	95
2740	6	50
1	3	
2	2	50
3	11	
4	2	
5	38	
6	34	
7	2	05
8	1	55
9	3	
2750	15	

Numéros.	fr.	c.
2750 bis	4	
1	12	
2	8	
2 bis	8	05
3	12	05
4	6	
5	7	
6	3	
7	3	
8	30	
9	15	
2760	4	
1, 2	1	50
3	4	
4	6	10
5	3	
6	9	
7	150	
8	26	05
9	6	
2770	9	
1	255	
2	16	95
3	6	
4	3	15
5	67	95
6	8	95
7	6	
8	128	
9	51	
2780	138	
1	9	05
2	71	05
3	40	05
4	8	
5	10	05
6	18	
7	20	
8 avec 2874		
9	25	
2790	45	
1	8	50
2	1	55
3	4	
4	7	
5	1	50
6	19	
7	10	
8	9	

Numéros.	fr.	c.
2799	3	60
2800	5	
1, 2	1	50
3	3	
4	4	
4 bis	1	50
5, 6	10	50
7	2	75
7 bis	24	
8	17	10
8 bis	6	
9	20	05
2810	16	95
1	15	05
2	13	95
3	3	10
4	8	60
5	16	
6	28	50
7	24	
8	28	05
9	2	
2820	17	
1	2	
2	10	
3	10	05
4	8	
5	85	
6	10	
7	19	95
8	10	95
9	6	05
2830	12	
1	10	
2	134	
3	10	
4	46	
5	4	
6	3	
7	5	05
8	2	05
9	2	
2840	4	
1, 2	15	
3	1	50
4	2	
5	1	50

Numéros.	fr.	c.
2846	29	50
7 gâté	4	
8	3	
9	1	10
2850	17	
1	18	
2	1	95
3, 4	5	05
5	1	50
6	3	10
7	1	50
8	4	
9	5	20
2860	6	
1	18	05
2	4	05
3	20	
4	3	
5	82	
6	13	
7	36	
8	16	95
9	1	55
2870	13	50
1	35	
2	20	05
3	2	55
4 avec 2788	1	50
5	7	95
6	420	
7	1	50
8	3	50
9	4	60
2880	20	95
1	15	50
2	20	05
3	61	
4	4	
5	3	
6	9	95
7	30	55
8	5	70
9	9	
2890	9	50
1	40	
2	4	95
3	2	
4	9	
4 bis	27	95

Numéros.	fr.	c.	Numéros.	fr.	c.	Numéros.	fr.	c.
2895........	11		2944........	3		2994........	45	
6	2		5 ⎫			5	15	
7	10		6 ⎬......	12		6	6	
8	13		7 ⎭			7	15	05
9	7	95	8	18	95	8	8	
2900........	8		9	3		9	45	95
1	29	05	2950........	2		3000........	24	
2	13	10	1	1	50	1	12	05
3	9		2	5	95	2	9	50
4	390		3	15	05	3	10	
5	8		4	3		4	24	05
6	13		5	3		5	11	50
6 bis	1	50	6	6		6	6	60
7	5	95	7	1	50	7	40	
8	15	95	8	3		8	31	
9	11	05	9	5		9	6	95
2910........	1	50	2960........	7		3010 ⎫........	6	05
1	13	95	1	4	10	1 ⎭		
2 incomplet	20		2	10		1 bis	24	
3	3		3	3	05	2	38	
4	20		4	3		3 ⎫........	2	
5	31	50	5	71		4 ⎭		
6	2		6	20		5	78	05
7	2		7	100		6	3	05
8	6		8	10		7	1	50
9	27	05	9	5		8	9	05
2920........	3		2970........	12		9	22	60
1	2	05	1	8		3020........	3	05
2	90		2	30		1	1	55
3	2		3	16	05	2	14	
4	1	50	4	2		3	18	05
5	9		5	2		4	4	80
6	21	95	6	10		5	1	50
7	30	50	7	8	15	6	4	
8	51		8	6	05	7	1	50
9	23		9	25		8	3	05
2930........	45		2980........	10		9	3	
1 avec 2940			1	12	95	3030........	2	
2	6	95	2	15		1	1	50
3 ⎫.....	20		3	1	75	2 ⎫......	6	
4 ⎭			4	4	25	3 ⎭		
5	20		5	2	25	4	3	60
6	3		6	1	95	5	6	95
7	4	55	7	8	95	6	20	
8	4	50	8	18	05	7	2	55
9	5		9	3		8	60	
2940 av.2931...	2		2990........	7		9 double empl. de 8	17	
1	10	95	1	46	95	3040........	42	05
2	1	50	2	176		1	3	95
3	2		3	30		2	5	

Numéros.	fr.	c.	Numéros.	fr.	c.	Numéros.	fr.	c.
3043........	4	95	3092........	71	05	3142........	7	
4	12	05	3	3		3	6	
5	3	50	4			3 *bis*	6	15
6	3	05	5	7		4	4	05
7	9		6	190		5	2	05
8	13	05	7	20		6	10	
9 } 3050 }	5		8	21		7	10	
			9	95	50	8	16	95
1	5		3100........:	299	95	9	5	
2	10	10	1	13	60	3150........	1	50
3	16	05	2	15	50	1	3	
4	19	05	3	9	05	2	33	
5	200		4	3	50	3	12	95
6	37	15	5	14	10	4	3	05
7	20		6	133		5	10	75
8	3		7	24		6	6	05
9	3		8	13	80	7	3	
3060........	37		9	40	05	8	10	
1	85		3110........	23	90	9	11	50
2	16	95	1	3	10	3160........	8	50
3	5	50	2	3		1	27	50
4	1	50	3	75		2	8	95
5	33		4	12		3	3	
6	29	05	5	7	85	4	4	
7	6		6	8	05	5	10	
8	7	95	7	20		6	4	05
9	37		8	3	95	7	2	05
3070........	2		9	11		8	2	05
1	6		3120........	4		9	6	05
2	10		1	5	05	3170........	6	
3	2		2	12		1	20	
4	1	50	3	9	05	2	16	05
5	4	10	4	200		3	53	
6	12		5	3		4	50	
7	9		6	5		5	1	50
8	8		7	21	05	6	1	50
9	8	05	8	20		7	9	
3080........	8	05	9	18		8	25	
1	7		3130........	11		9	15	
2	6		1	18	05	3180........	7	
3	4	95	2	8		1	2	
4	3	80	3	11		2	1	50
5	9		4	2	65	3	4	
6	3	05	5	5	25	4	150	
7	9		6	100		5	9	
8	10		7	140		6	10	05
8 *bis*	12		8	19		7	3	
9	2	45	9	19		8	1	50
3090........	4	05	3140........	15	50	9	6	
1	12		1	6		3190........	2	

Numéros.	fr.	c.
3191........	3	95
2	1	50
3	3	
4	27	
5	4	
6	1	50
7	3	95
8	9	50
9	9	
3200........	6	
0 bis	4	95
1	6	
2	7	
3	3	
4	1	60
5	1	65
6	4	
7	3	95
8	4	95
9	14	
3210........	3	10
1	9	50
2	17	80
3	4	10
4	9	05
5	11	50
6		
7	16	
8	20	05
9	5	05
3220........	2	50
1	4	95
2	12	
3	8	
4	2	05
5	20	
6	7	
7	3	
8	2	
9	5	
3230........	5	
1	5	05
2	8	
3) 4)	1	50
5	60	
6	3	05
7	8	05
8	5	
9	1	50

Numéros.	fr.	c.
3240........	3	
1	8	50
2	43	50
3	14	
4	29	05
5	15	
6	7	
7	80	05
8	2	
9	51	
3250........	36	
1	6	95
2	5	65
3	40	05
4	14	25
5	9	
6	2	
6 bis	12	
7	1	50
8	18	05
9	10	95
3260........	2	
1	7	
2	3	
3 incompl.	6	
4	3	95
5	30	
6	25	05
7	10	
8	16	
9 et autres br.	2	40
3270........	11	50
1	10	05
2	10	
3	6	
4	24	
5	12	
6	30	
7	80	05
8	60	
9	21	
3280........	2	
1	20	
2	6	
3	11	50
4	4	05
5	9	
6	15	65
7	3	
8	1	60

Numéros.	fr.	c.
3289........	2	05
3290........	10	
1	2	
2	7	
2 bis.	15	95
3	13	
4	8	10
4 bis	10	10
5	5	
6	3	55
6 bis	3	
7	10	05
8	52	
9	16201	
3300........	10	
1	6	
2	10	
2 bis	4	05
3	30	
4	181	
4 bis	15	
5	15	
6	30	
7	4	50
8	10	60
9	66	
3310........	80	
1	60	
2	16	05
3	70	
4	6	10
5	14	
6	2	
7	22	50
8	9	50
8 bis	8	
9	300	
3320........	71	
1	98	
1 bis	19	
2	101	
3	28	30
4	49	
5	10	
6	10	
7	599	95
8	34	
9	200	
3330........	370	
1	600	

Numéros.	fr.	c.	Numéros.	fr.	c.	Numéros.	fr.	c.
3332	42		3381	5	95	3431	60	
3	30	50	2	50		2	10	
4	100		3	15	05	3	20	
5	9	05	4	15		4	15	
6	50		5	18	05	5	10	
7	240		6	6		6	17	
8	435		7	10		7	99	
9	301		8	18		8	8	
3340	15		9	15		9	120	
1	4		3390	80		3440	33	
2	41		1	100		1	10	
3	6		2	40		1 bis	35	05
4	12	20	3	42		2	15	
5	6		4	4		3	36	05
6	1	50	5	50		4	9	
7	20		6	3	10	4 bis	6	05
8	7	55	7	40		5	10	
9	15		8	70		6	49	95
3350	150		9	69		7	20	
1	20		3400	10	10	8	15	
2	19	95	1	4	60	9	9	10
3	20		2	17	50	3450	11	
4	139		3	6		1	8	
5	23		4	15		2	32	50
6	15		5	220		3	30	
7	22	15	6	20		4	20	
8	27	05	7	80		5	90	
9	10		8	10		6	5	05
3360	5		9	6		7	8	50
1	37		3410	2		8	20	
2	27		1	25		8 bis	7	95
3	22		2	8		9	21	
4	24		3	7		3460	1	50
5	43		4	3	10	1	20	
6	10		5	2	95	2	2	25
7	66	50	6	2	25	3	5	50
8	6		7	2		4	5	
9	6	95	8	2		5	7	50
3370	38	05	9	6		6	30	
1	26		3420	6		7	3	
2	40		1 ⎰ ……	5	95	8	12	50
3	50	95	2 ⎱			9	17	
4	3		3 ⎰ ……	2		9 bis	18	
4 bis	12		4 ⎱			3470	45	60
5	97		5	3	05	0 bis	62	
6	140		6	4		1	52	05
7	15	50	7	2		1 bis	2	95
8	3		8	3		2	2	30
9	7		9	1	50	3	41	05
3380	2	05	3430	30	50	4	10	60

Numéros.	fr.	c.
3475	21	
6	5	
7	13	
8	8	
9	10	90
3480	5	
1	16	
2	10	60
3	10	
4	19	05
5	2	60
6	16	
7	32	
8	16	
9	4	
3490	6	95
1	100	
2	6	
3	12	
4	6	
5	3	
6	51	50
7	6	
8	6	
9	26	50
3500	1	50
1	1	50
2	31	
3	8	
4	5	
5	40	
6	112	
6 bis	41	
7	155	
8	210	
9	125	
9 bis	130	
3510	33	05
0 bis	31	
1	42	
2	3	
3	51	50
4	8	
5	4	
6	2	05
7	9	
8	3	
9	2	
3520	3	05
1	6	05

Numéros.	fr.	c.
3522	5	05
3	3	95
4	14	95
5	5	05
6	7	
7	9	95
8	50	
9	50	05
3530	16	
1	12	
2	14	
3	35	
4	36	05
5	39	60
6	11	
7	4	
8	9	
8 bis	75	
9	34	
3540	4	50
1	9	
1 bis	22	95
2	8	05
2 bis	28	05
3		
3 bis }	32	
4	3	
5	5	60
6	7	
7	4	50
8	12	
9	31	95
3550 incompl..	80	
1	36	
2	62	05
3	2	
4	40	05
5	8	
6	2	
7	5	
8	30	
9	4	95
3560	15	05
1	8	05
2	5	80
3	5	
4	2	
5	7	95
6	8	05
7	2	

Numéros.	fr.	c.
3568	2	
9	2	
3570	9	95
1	12	05
2	7	
3	3	
4	39	
5	28	
6	20	
7	2	30
8	30	
9	51	
3580	5	60
1	36	05
2	7	60
3	4	
4	5	
5	10	
6	4	10
7	13	95
8	9	05
9	4	05
3590	6	15
1	24	
2	2	
3	24	
4	49	
5	3	95
6	6	
7	15	05
8	7	
8 bis	12	05
9	15	
3600	4	
1	11	05
2	4	
3	12	
4	6	
5	4	05
6	99	
7 incomplet	45	
8	8	05
9	25	
3610	13	
1	870	
2	11	50
3	21	50
4	15	50
5 }		
6 }	16	

****

Numéros.	fr.	c.
3617........	16	
8	3	
9	2	
3620........	5	
1	2	95
2	2	
3	14	
4	12	
5	10	
6	6	
7	7	
8	4	
9	13	05
3630........	4	
1	2	05
2	3	
3	57	95
4	7	05
5	9	
6	12	05
7	8	05
8	8	10
9	2	
3640........	9	
1	19	50
2	15	05
3	16	50
4	2	
5	2	10
6	11	
7	7	
8	45	05
9	40	
3650........	20	
1	20	05
2	21	
3	4	
4	6	10
5	12	
6	5	65
7	13	05
8	6	
9	32	05
3660........	5	95
1	6	
2	3	
3, 4 }	14	
5	16	
6 *doub. empl. de* 2431		

Numéros.	fr.	c.
3667........	3	
8	6	
9	11	05
3670........	15	50
1	20	
2	19	05
3, 4 }	19	75
5	6	
6	1	50
6 *bis*	8	55
7	7	
8	3	60
9	4	05
3680........	16	50
1	9	
2	4	50
3	1	50
4	1	55
5	16	10
6	11	
7	30	
8	15	05
9	15	
3690 }	3	05
1		
2	6	
3	3	05
4	2	
5	5	
6	1	50
7	3	
8	13	
9	2	
3700........	34	50
1	25	05
2	17	
3	24	
4	3	
5	6	
6	8	
7	16	
8	3	
9	2	
3710........	2	05
1	2	
2	4	
3	1	50
4	4	
5	5	95

Numéros.	fr.	c.
3716........	4	50
7	3	
8	80	
9	4	
3720........	3	95
1	71	
2	24	05
3	11	
4	8	
5	16	
6	2	10
7	1	50
8	11	
9	20	
3730........	1	50
1	24	
2	20	05
3	20	05
4	1	50
5	3	
6	4	50
7	8	
7 *bis*	2	95
8	10	05
9	11	50
3740 *incompl..*	6	
1	91	
2	30	
3	12	
4	2	15
5	3	
6	1	50
7	2	
8	19	95
9	18	
3750........	12	95
1	2	
2	15	
3	21	
4, 5, 6 }	2	
7	12	05
8	10	
9	40	
3760........	10	
1	6	50
2	253	
3	8	
4	60	

Numéros.	fr.	c.	Numéros.	fr.	c.	Numéros.	fr.	c.
3765	1	55	3814	2	05	3863	2	
6	12	05	5	2		4	5	
7	100		6	2		4 *bis*	5	
8	76		7	2	05	5	5	95
9	139		8	10		5 *bis*	7	
3770	26		9	21		6	3	50
1	25		3820	1	50	7	8	
2	20		1	30		8	4	95
3	3		2	5	30	9	13	50
4	6		3	14	05	3870	10	
5	8		4	16		1	8	80
6	5		5	5		2	8	
7	4		6	9		3 *imparfait*	59	95
8	8	95	7	6	05	4	24	05
9	8	50	8	110	05	5	40	50
9 *bis*	36	55	9	8	05	6	8	55
3780 1	8	05	3830	41	95	7	10	95
2	5	50	1	6		8	10	60
3	3		2	125		9	3	
4	11	05	3	2		3880	3	95
5	7	95	4	2		1	10	05
6	2	95	5	40		2	41	
7	2	50	6	3	95	3	13	
8	4	40	7	2		4	12	
9	2	05	8	12		5	2	
3790	22	05	9	15		6 7	4	
1	20		3840	6		8	5	95
2	6		1	3		9	11	05
3	3		2	2		3890	9	95
4	2		3	1	50	1	68	
5	8		4	12		2	6	
6	36		5	7	95	3	1	50
7	13	50	6	83		4	3	
8	7		7	2		5	26	
9	5	60	8	4	95	6	9	05
3800	60		9	20		7	2	
1	14		3850	7		8	10	95
2	6	25	1	14		9	15	95
3	4	95	2	3		3900	3	95
4	6		3	4		1	2	
5	2		3 *bis*	29	50	2	2	
6	4		4	6		3	13	
7	11		5	5		4	2	
8	1	50	6	28		5	3	20
9	8		7	13	05	6	3	
3810	5		8	10		7	15	95
1	10		9	15	10	8	5	10
2	13		3860	2	05	9	20	50
3	3		1	14		3910	3	05
			2	15				

Numéros	fr.	c.	Numéros	fr.	c.	Numéros	fr.	c.
3911	4		3959	7		4007	5	
2	2		3960	280		8	18	
3	1	50	1	20		9	40	
4	50	10	2	171		4010	20	50
5	2		3, 4	6		1	5	50
6	4	50	5	6		2	22	
7	5	80	6	36		3	4	25
8	44		7	15	95	4	3	95
9	5		8	3	50	5	36	50
3920	8	95	8 bis	7		6	19	
1	8		9	3	05	7	17	65
2	73		3970	30	50	8	13	
3	46	05	1	95		9	4	10
3 bis	4		2	27		4020	5	95
4	8	95	3	20		1	4	30
5	50	95	4	20		2	4	
6	5		5	23		3	9	05
7	6		6 gâté	62	05	4	6	95
8	10		7	10		5	19	50
9	7		8	12	60	6	73	50
3930	14	95	9	9	25	7	6	05
1	50		3980	6	95	8	5	
2	3		1	2	30	9	20	
3	6	95	2	3		4030	11	95
4	6	05	3	23	50	1	5	65
5	100		4	9	95	2	50	
6	559		5	20		3	3	
7	4		6	6	30	4	10	95
8	469	95	7	15		5	6	
9	18	50	8	51		6	7	
3940	11		9	6	25	7	15	50
1	25	50	3990	5	05	8	2	
2	21		1	3	60	9	25	10
3	6		2	20	05	4040	1	50
4	252		3	4	10	1	24	
5	36	05	4	10		2	40	
6	120		5	7	55	3	24	
7	16		6	24	05	4	6	
8	20	95	7	9	05	5	18	
9	2		8	10	05	6	8	
3950	20		9	11	95	7	5	
1	149	95	4000, 1	9		8	5	
2	15		2	12	50	9	4	50
2 bis	4	50	3	13	05	4050	6	
3	4		3 bis	4	95	1	3	50
4	33	05	4	6	50	2	3	
5	19		5	5	50	3	4	
6	2		6	3		4, 5	1	50
7	2	50				6	1	50
8	151							

Numéros.	fr.	c.
4057	5	20
8	2	05
9	2	55
4060	2	
1 *avec* 4064		
2	10	
3	7	
4 *avec* 4061	1	50
5	8	20
6 *av.* 4072 *bis*		
7	5	15
8	3	
9	6	
4070	1	50
1	8	10
2	3	
2 *bis av.* 4066	1	50
3	2	80
4	1	55
5	3	
6	1	50
7	1	50
8	10	95
9	33	05
4080	6	
1	6	
2	4	35
2 *bis*	2	
3	6	95
4	260	
5	6	
6	45	
7	78	50
8	6	60
9	1	50
4090	1	50
1	7	50
2	7	05
3)	3	
4)		
5	5	
6	12	05
7	3	
8	4	
9	9	95
4100	4	05
1	8	
2	8	
3	6	
4	11	55

Numéros.	fr.	c.
4105	6	
6	16	
7	10	
8	14	
9	10	
4110	4	
1	12	
2	40	50
3	12	
4	33	
4 *bis*	3	
5	3	
6	8	50
7	5	
8	2	05
9	2	
4120	1	50
1)	1	50
2)		
3	1	50
4	9	
5	6	
6	7	55
7	3	
8	14	50
9	26	50
4130	8	50
1	38	50
2	6	
3	10	
4	3	40
5	13	55
6	10	05
7	14	05
8	23	95
9	7	35
4140	14	05
1)	9	50
2)		
3	4	15
4	6	
5	19	
6	3	
7	5	
8	11	
9	2	
4150	4	05
1	25	
2	15	
3	19	

Numéros.	fr.	c.
4154	13	05
5	8	
6	6	
7	6	
8	7	
9	14	
4160	10	
1	12	
2	13	50
3	12	
4	16	
5	12	05
6	24	05
7	20	05
8	12	50
9	19	
4170	4	
1	6	
2	18	
3	4	
4	6	
5	5	
6	16	
7	6	
8	7	50
9	4	
4180	21	95
1	10	05
2	19	50
3)	6	
4)		
5	4	
6	7	
7	9	50
8	15	05
9	5	10
4190	18	
1	15	05
2	18	
3	14	05
4	37	
5	1	55
6	7	
7	11	
8	9	
9	17	
4200	1	50
1	9	
2	1	50
3	13	

Numéros.	fr.	c.	Numéros.	fr.	c.	Numéros.	fr.	c.
4204	33		4254	10		4304	3	05
5	4		5	19		5	2	05
6	11		6	2		6	14	
7	25		7	1	80	7	10	
8	8		8	2		8	41	
9	1	50	9	8		9	2	
4210	16		4260	1	50	4310	56	
1	7		1	14		1	5	
2	15		2 avec div.br.	3	25	2	3	
3	27		3	4		3	6	
4	3	65	4	2		4	4	05
5	4		5	10	05	5	8	
6	22		6	49	95	6	21	60
7	5		7	2		7	1	65
8	1	50	8	1	50	8	6	95
9	8		9	8		9	12	15
4220	17		4270 avec 972	7	45	4320	30	
1	6		1			1	6	
2	11		2	6		2	5	95
3	17		3	2		3	4	
4	12	50	4	3		4	6	
5	9	05	5	4		5	4	
6	18		6	17		6	5	05
7	1	50	7	4		7	39	
8	18	50	8	5		8	25	05
9	4	50	9	19	05	9	6	05
4230	13		4280	14	95	4330	15	
1	2	05	1	2		1	3	
2	5	05	2	41		2	10	
3	11	05	3	7		3	3	
4	11		4	4	50	4	5	
5	24		5	8		5	3	05
6	12		6	20		6	2	95
7	25		7	2		7	9	95
8	37		8	10		8	20	50
9	41		9	3		9	40	
4240	3		4290	2	10	4340	17	
1	22		1	1	60	1 avec 327	38	
2	10		2	11	95	2	40	
3	12		3	1	50	3	30	
4	5		4	5		4	21	
5	3	10	5	49		5	8	50
6	1	50	6	15		6	20	50
7	2		7	10		7	18	50
8	5		8	40		8	13	
9	6	10	9	4		9	20	95
4250	5		4300	5		4350	70	05
1	6		1	12		1	71	
2	37		2	11		2	51	
3	37		3	3		3	73	

Numéros.	fr.	c.	Numéros.	fr.	c.	Numéros.	fr.	c.
4354	60		4358	12		4362	350	
5	145		9	40		3	15	
6	2400		4360	141		4	150	
7	36		1	1037	40			

Total de la vente, y compris les doubles, et les livres
non catalogués............................... 117,625 fr. 90 c.

FIN DES PRIX.

IMPRIMERIE DE FIRMIN DIDOT,
RUE JACOB, N° 24.

www.ingramcontent.com/pod-product-compliance
Lightning Source LLC
LaVergne TN
LVHW012125170726
843501LV00008BC/3026